Imprimerie Wittersheim — 1667.

Curieuses & Follettes

Poésie

1re Livraison

Sérieuses et Follettes.

POÉSIES

PAR

CONSTANT ARNOULD et LÉON DANSART.

PARIS.

CHEZ LES AUTEURS,

RUE CONTRESCARPE-SAINT-MARCEL, 23.

1852.

AMOUR, PAUVRETÉ ET RICHESSE.

A FATMA.

— Après avoir partagé mon amour, tu me repousses ; la société t'a faite égoïste, l'égoisme t'a rendue coquette et la coquetterie seule occupe ton cœur et captive ton âme. Pauvre folle ! tu souris à l'avenir et me dédaignes ; je me repends de t'avoir aimée et je le pardonne, car c'est avec ses premiers atours que la coquette porte le deuil de son bonheur.

Lord Byron.

Daigne, volage enfant à l'esprit désireux,
Recevoir les adieux de mon luth amoureux :

Fatma, point de fierté, sois franche avec toi-même,
Et dis-toi que souvent ta voix m'a dit : Je t'aime !
Car, c'est un peu d'orgueil qui te fait renier
Les parfums d'une fleur éclose en mon grenier.
Avoue, ainsi que moi, que naguère nos âmes
A la voix de nos cœurs confondirent leurs flammes :
Chacun de tes regards, chacun de tes discours,
Du langage du ciel empruntait le concours ;
Le faux amour égare et l'amour vrai transporte
Au temple du bonheur dont j'ai franchi la porte !
Oh ! si tu me disais : mon cœur ne t'aime plus ;
J'essairais d'étouffer des sanglots superflus,

Les flammes de l'amour n'étant point éternelles,
J'ai, pour jeter dessus, de l'eau dans les prunelles.
Tu me dis que les feux dont tu sus me charmer.
Étaient pour m'éblouir et non pour m'enflammer?
Va! je ne puis te croire : à profit on est traître,
Et dans quel intérêt envers moi pus-tu l'être?
De même que les miens tes baisers étaient francs,
Mais, ton cœur veut de l'or.. Fatma, je te comprends.

Adieu ! toi que j'aimais, adieu! je t'aime encore,
Et veux, ainsi que toi, voir les beaux jours éclore ;
Je brise mon bonheur puisqu'il gêne le tien,
Et si mon oubli peut devenir son soutien,
Je veux, sans murmurer, à tes yeux me soustraire,
Vivre dans l'abandon, et souffrir, et me taire.

De ton amour passé, Fatma, pourquoi rougir?
Souvent de l'amitié la haine peut surgir...
On peut aimer pour rien, on peut haïr de même,
Et ces deux sentiments, nés d'un esprit extrême,
Prennent chacun par tour, la direction du cœur;
Chacun succède à l'autre et n'est jamais vainqueur.
Si ton âme a besoin de faire dans le monde
Des frivoles grandeurs une étude profonde,
Sans nier le passé, contente tes désirs:
Puisses-tu résister sous le poids des plaisirs !
Puisses-tu voir toujours ta mémoire muette
Au souvenir brûlant d'un amour de poëte...
Pour me mieux oublier je veux me joindre à toi,
Parjurer les serments que je fis à ta foi,
Et, puisque tu le veux, ainsi que toi, j'oublie

Ces moments de bonheur, d'extase et de folie,
Où, tous deux, nous vidions le vase plein du miel
Qui transporte l'esprit sur la plage du ciel !
Alors, ne s'était point réveillé dans ton âme
Le vil amour de l'or... Quand on est grande dame,
Et qu'on a sur le front, au lieu de simples fleurs,
La perle et la topaze aux sublimes couleurs;
Quand, au lieu du coton dont le pauvre s'habille,
On peut, dans le velours, tailler une mantille;
Quand on peut remplacer une robe de lin
Par une autre de laine ou de riche satin,
Et qu'au lieu de marcher en bottines cirées
On marche noblement en pantouffles dorées,
Tu crois que le plaisir que l'on goûte est meilleur
Que le plaisir qui sait égayer le malheur?
Enfant, détrompe-toi; repousse ces vains songes,
Qui te montrent trop haut des agaçants mensonges...
Mais pourtant, si tu veux écouter tes esprits,
Tu le peux aisément .... Le vice est à Paris.
D'abord, je te préviens, les gens de nobles races
N'échangent point l'amour, ils achètent les graces.....
Vends-leur pour un bon prix ta fragile beauté...
Sous leurs baisers lascifs, sous leur souffle empesté,
Tu trahiras ton cœur, car tu devras sourire,
Et si tu leur fais voir, au sein de leur délire,
Le dégoût de ton âme, ils se riront de toi,
Et chacun te dira : « Tout ton être est à moi! ».
N'importe, tu voudras continuer ta course;
Toujours l'or et l'argent arrondiront ta bourse;
Tu seras belle, alors, et dans ces jours meilleurs,
Tes atours cacheront et ta honte et tes pleurs....

Cet avenir est beau... L'argent fait des miracles,
Tu seras l'ornement des bals et des spectacles;
Chaque jour, tu verras un galant cavalier
Ajouter une perle à ton riche collier;
Tu seras la Vénus des princes de l'usure,
Tu recevras leurs vers dictés par la luxure,
Tes pieds ne fouleront que des tapis de fleurs,
Et tes pleurs couleront au salon plus qu'ailleurs!
Mais, quand pour un peu d'or on a vendu ses charmes,
Il est trop tard, Fatma, pour répandre des larmes.....

Et moi, dans ma misère abritant mes amours,
J'attendrai sans gémir, le dernier de mes jours.

Cependant, comme tout ce que nous voyons naître,
Doit, dans un temps donné, pâlir et disparaître,
Ainsi que ta beauté, ta gloire passera
Et ton riche amoureux, alors, te chassera ....
Laide, tu quitteras ton boudoir de duchesse,
Mais tes bras, engourdis au sein de la richesse,
Ne pourront se livrer au plus petit travail
Et tes sœurs t'ouvriront la porte du bercail ;
Tu leur raconteras ta vie aventureuse,
Et tu feras frémir la fillette amoureuse ;
Ton or et tes effets toucheront à leur fin,
Et tu travailleras quand hurlera la faim !
Tu souffriras les maux que la tombe console,
Et tu regretteras ta jeunesse frivole ;
Tu pèseras l'amour des faibles, des puissants,
Et tu te souviendras de mes tendres accents.
Tu chercheras partout ma demeure modeste,

Mais comme je serai, dans le Monde céleste,
Un de mes vieux amis, en bénissant le sort.
Du doigt te montrera le chantier de la mort !
Tes pieds, de fosse en fosse, iront fouler la terre
Qui cache dans son sein le terrible mystère ;
Et quand, sur une croix, mon nom t'apparaîtra,
Autant que je t'aimais, ton âme m'aimera.

Constant Arnould.

LES ENFANTS ET LES DEUX TONNEAUX.

FABLE.

Paul jouant aux soldats avec ses camarades,
Crut nécessaire, certain jour,
D'imiter le bruit du tambour.

Pour exécuter les roulades
Et mener à fin le projet,
On ne savait sur quel objet
Les mains devaient s'abattre
Pour battre
Du tambour comme quatre,
Quand un vieillard, aux étourneaux,
Désigna deux tonneaux.
Paul, en joyeux apôtre,
Frappe sur le premier
Avec deux faibles brins de hêtre ou de cormier.

Le bruit qu'il rend est sourd, Paul vole auprès de l'autre,
Il frappe, et cette fois,
Le bruit couvre les voix.
« Enfants, leur dit le sage aux cheveux qui blanchissent,
» De ces deux tonneaux-ci lequel aimez-vous mieux? »
Là-dessus, les gamins, qui point ne réfléchissent,
Désignent le tonneau que Paul a sous les yeux.
Le vieillard ajouta : « Votre tambour est vide
» L'autre fait peu de bruit, c'est vrai, mais il est plein
» De vin ;
» Amis, qu'aucun de vous du bruit ne soit avide ! »

Léon Dansart.

PAS CHER.

ÉPIGRAMME.

Parlant de certain bien, Jeannot dit à Lison :
— Combien veux-tu le vendre?
La donzelle, en riant, répartit sans façon :
— La peine de le prendre.

Constant Arnould.

Paris. — Typ. Wittersheim, rue Montmorency, 8.

ÉHONTÉE.

A MARIE

> ...... Ce pèlerin du monde,
> Dont j'ai suivi longtemps la course vagabonde,
> A-t-il donc jeté l'ancre au midi de ses jours,
> Ou s'est-il endormi dans d'ignobles amours?...
> LAMARTINE.

> ...... Pleurons ces cœurs fanés
> Dans les boueux ruisseaux du vice abandonnés.
> J. ROUQUETTE.

> ... C'est là que l'artiste plante son pupitre et
> cherche le pittoresque dans les ruines.
> JANE GREY.

Marie, éloigne-toi! ton haleine empestée
Soulève de dégoût mon âme épouvantée;
De ta bouche s'échappe une fétide odeur,
Fille de la luxure et du plaisir fraudeur!
Je la déteste autant que j'aime de la rose
Les enivrants parfums que le soleil compose.
Les traits de ton visage et tes yeux fatigués
Nous disent les plaisirs que ton cœur a brigués.
Je souffre en te voyant, car sur toi la folie
Étend son voile teint par la mélancolie.

Pourtant, écoute-moi ; je brave mon dégoût,
Car je voudrais te voir sortir de ton égout...

Tu trembles, vierge folle..., et déjà la colère
Ordonne à ta raison, que la démence éclaire,
D'improviser pour moi de ces mots repoussants
Que toujours tu vomis en cris étourdissants.
Un seul instinct te reste, et c'est l'instinct du traître
Faisant voir l'opposé de ce qu'on doit paraître :
Tu ne sais que tromper, et tes discours menteurs
Recrutent dans nos rangs beaucoup d'adulateurs ;
Tu fais croire à l'amour, tu ne crois qu'à l'ivresse
Qui donne dans ton sein le bras à la paresse,
Produisant des baisers qui sont comme les fils
Que l'araignée étend aux angles des chenils...
Quand le coffre est ouvert, tu jures d'être sage ;
Quand le coffre est fermé, ta sagesse voyage...
—Bertrand vole au mouchoir,—Macaire, au petit jour,
—Salomon, à l'usure..., — et toi, c'est à l'amour...
On punit les voleurs ; chacun vole à sa mode :
Mais la tienne jamais ne redoute le Code.

De la lèpre, le vice est l'administrateur,
Et de ce vil démon tu n'es rien qu'un facteur ;
Le mal et le plaisir emplissent ta valise,
Et, de chaque abonné partageant la surprise,
Tantôt tu vois l'ivresse et tantôt tu gémis ;
La première tu sens les maux qu'à tes amis
Du soir jusqu'au matin ton adresse prodigue,
Car le vice te paie à raison de l'intrigue.
De ton métier honteux tu comptes les profits,
Mais tu ne comptes pas tous les maux que tu fis...

Souvent, pour le métal que sa main te vint tendre,
Tu creusas le tombeau d'un homme honnête et tendre...

Oh ! je sais, comme toi, que ton cœur endurci
Du barreau de l'honneur n'a le moindre souci ;
A la voix des regrets tu te montres rebelle,
Et tu crois qu'ici-bas il suffit d'être belle ;
Tu braves et le monde et la blanche pudeur :
Du vice seulement tu sais la profondeur.
D'après ton cœur impur les vertus ont des larmes,
Les sages ont des torts, les crimes ont des charmes !
Tu te ris des mortels, et des lois, et des Dieux,
Et tu vois d'un bon œil les plaisirs odieux
Que tous les débauchés à la face rougie
Amènent tout joyeux pour peupler chaque orgie !
Qu'importe que l'on soit chrétien, mahométan,
Polythéiste, athée, ou juif ou protestant?
Qu'importe que l'on soit blanc, noir, jaune ou mulâtre?
On a droit d'embrasser tes épaules d'albâtre...
Et jeune homme ou vieillard, chez toi, d'un ton bruyant,
Dit, quand tu fais la prude : « On est libre, en payant! »
Peu t'importe le choix, — Être tout de matière,
Dont les os ne sont pas dignes du cimetière!...
Ce qui commande en roi ton corps bientôt usé,
C'est le vice en démence ou l'amour abusé.

Le visage est parfois le vrai miroir de l'âme,
Et l'on t'a rarement prise pour une femme :
La honte a sur tes traits posé son doigt brutal,
Et sans peine un Joseph te reconnaît au bal ;
Par ceux que nous nommons la jeunesse étourdie,
Ta danse échevelée est sans cesse applaudie :

Car, dès que la musique a pris place dans l'air,
On voit ton corps damné filer comme l'éclair ;
Et si, pour arrêter ta science ingénue,
Un agent n'était là... chacun te verrait nue !...

Lucrèce de hasard, que ton cœur soit content !
Ce qui reste de toi, le ver rongeur l'attend...
En voyant tes défauts, Borgia de barrières,
Nos cœurs sont attristés, nos âmes restent fières :
Car le coupable seul doit porter sur le front
Le stigmate hideux imprimé par l'affront !

Quoi ! si l'or est chez nous la chose principale,
L'esclave peut chez toi singer Sardanapale !
L'or ouvrir ton boudoir, éluder les détours,
Faire flamber le punch et tomber tes atours !...
Aux bras de la vertu quelles mains t'ont ravie !
Et veux-tu de nouveau t'enrôler dans la vie ?...
Tu n'es, le sais-tu bien, qu'un suppôt des enfers,
Esclave de Satan !... Je veux rompre tes fers :
Pour que tu sois un ange, il te manque des ailes ;
Et Dieu, pour t'en donner, a choisi les mains frêles
De ceux dont les accents, échappés de son luth,
Te montreront ta faute en voulant ton salut.
Ne vends plus ton amour et ses phrases banales :
Dieu même doit rougir s'il voit tes bacchanales...

Mais tu pleures, Marie... Ah ! le noble abandon !
Tels pleurs lavent la honte et valent un pardon.
Pleureuse, ouvre les yeux, ma raison t'y convie,
Et tous deux mesurons le chemin de la vie :
Courte en est la distance ! O sœur ! ne vois-tu pas

Que pour la parcourir suffisent quelques pas?
Dans le sentier fangeux que Dieu créa dans l'ombre,
Vois près de chaque fleur des épines sans nombre ;
Et sur les durs cailloux qui mènent aux tombeaux,
De nos talons meurtris nous laissons les lambeaux...
L'existence n'est rien qu'un court pèlerinage :
Qui meurt mal vécut trop..., malgré le rang et l'âge !

Oh ! bienheureux celui qui peut, quand il s'endort
De ce sommeil profond que l'on nomme la mort,
Dire à son âme pure : « Adieu, ma blanche amie,
Demain protége encor ma dépouille endormie !... »

Pleure, pleure toujours, Marie, ô pauvre fleur !
A demain le plaisir ! aujourd'hui la douleur...
Quand le repentir vient, la débauche s'envole :
Pour laver ton passé, pleure encor, vierge folle !

Constant Arnould.

LES DEUX CHIENS.

FABLE.

Un pauvre Chien mourant et de soif et de faim,
Aperçut un Chien gras qui, dormant dans sa niche,
Avait tout près de lui, dans un vase d'airain,
Les restes d'un brouet fait de viande et de pain.

— Hélas ! secourez-moi, dit-il, vous êtes riche...
Mon frère, au nom du ciel ! sauvez-moi du trépas
En me donnant le trop d'un de vos bons repas ;
D'ailleurs, puisque toujours votre écuelle est remplie,
Vous n'en maigrirez point de me sauver la vie...

A ces mots le richard, Chien des plus imprudents,
    Dressa ses poils, montra ses dents :
Mais, plus qu'il ne fallait, le pauvre était de taille
    A soutenir une bataille,
Car dans les environs le bruit s'est répandu
Que l'autre fut soudain vaincu, volé, mordu.

Léon Dansart.

DÉSIRS.

A Ludovic Poupart.

Que ne suis-je l'oiseau qui chante la nature !
Que ne suis-je le vent qui caresse les eaux !
Que ne suis-je la source errant dans la verdure !
Que ne suis-je le sylphe effleurant les roseaux !

L'oiseau chante sans cesse et trouve dans la plaine
La mousse pour son nid, la perle du grenier ;
Et dès que vient l'hiver il va chercher sa graine
    Sous un ciel printanier.

De tout le vent s'amuse, et tout cède au volage :
Il passe! et du brin d'herbe il dessèche les pleurs....
Il brise le vaisseau, fait rouler le nuage
        Ou caresse les fleurs!

Il ne faut à la source à la pente légère
Que les papillons d'or qui la baisent toujours,
Et que les bords fleuris où la jeune bergère
        Vient rêver aux amours.

Au sylphe à l'aile blanche, au sylphe au doux sourire,
Il ne faut, à côté d'un grisonnant manoir,
Que l'eau calme d'un lac dans laquelle se mire
        L'astre nacré du soir.

Que ne suis-je l'oiseau qui chante la nature !
Que ne suis-je le vent qui caresse les eaux !
Que ne suis-je la source errant dans la verdure !
Que ne suis-je le sylphe effleurant les roseaux!

Constant Arnould.

LA ROSE ET LE PAPILLON.

FABLE.

La Rose un jour au Papillon
Disait : — Vous êtes un volage,
Allant, de sillon en sillon,
Chercher les plaisirs de votre âge,

Sans vous inquiéter des pleurs
Que pour vous répandent les fleurs...
— C'est vrai, Rose, ma toute belle,
Reprit l'insecte aux ailes d'or,
Quand ta beauté sera fidèle
Je le serai bien plus encor.

Léon Dansart.

DEUX NOMS EN ÉVIDENCE.

ÉPIGRAMME.

Parlant des écrivains possesseurs de génie,
On nous en citait un tout à fait inconnu ;
Lors un monsieur Horace, en jouant l'ingénu,
Dit : — Eh bien ! nommez-le, pour que je croie ou nie.
— Borné, répondit-on. — L'autre, sans plus loin voir,
Reprit : — Avec ce nom la chose est impossible.
— Diable ! ajouta quelqu'un, votre avis est risible :
Vous devriez, Horace, à ce compte en avoir.

Constant Arnould.

PARIS. — IMPRIMERIE SIMON RAÇON ET Cᵉ, RUE D'ERFURTH, 1.